青蛙弗洛格的

图·文 /（荷）马克斯·维尔修思

弗洛格吓坏了

—— 学会战胜恐惧 ——

湖南少年儿童出版社

HUNAN JUVENILE & CHILDREN'S PUBLISHING HOUSE

图书在版编目（CIP）数据

弗洛格吓坏了 /（荷）维尔修思（Velthuijs，M.）编绘；
亦青译.—2 版.—长沙：湖南少年儿童出版社，2008.1
（青蛙弗洛格的成长故事）
ISBN 978－7－5358－3062－3

Ⅰ.弗... Ⅱ.①维...②亦... Ⅲ.图画故事—荷兰—现代
Ⅳ.I563.85

中国版本图书馆 CIP 数据核字(2006)第 037649 号

策划编辑：谭菁菁
责任编辑：谭菁菁
装帧设计：陈姗姗
质量总监：郑　瑾

出 版 人：胡坚
出版发行：湖南少年儿童出版社
地址：湖南省长沙市晚报大道 89 号　　　　　邮编：410016
电话：0731－82196340　82196334（销售部）　82196313（总编室）
传真：0731－82196340（销售部）　　　　　82196330（综合管理部）

经销：新华书店
常年法律顾问：北京市长安律师事务所长沙分所　张晓军律师
印制：湖南天闻新华印务有限公司
开本：889mm×1194mm　1/20
印张：1.4
版次：2006 年 6 月第 2 版　　印次：2011 年 4 月第 2 版第 21 次印刷
定价：4.80 元

铺设快活的长路

梅子涵

我在多少地方讲过这个青蛙的故事了？我都是笑着讲的，禁不住地快活；听的人也都是禁不住地笑，神情里净是快活。我们都不只是在笑绿色青蛙、粉嘟嘟小猪们的天真，也是吃惊一个孩子的长大间原来有这样丰富的人格题目要关切、这么多的心理小道要铺设，青蛙的故事一个个地说给我们听了！

真是说得让人赞叹！

我相信这样的书，是很多很多很多的年轻父母等候的。对的，等候！

因为你期盼了你的那个宝贝很健康、很优秀啊！

你想像里的他的路是应该很宽很宽，特别明亮的。

那么我们就从铺设好这一条条的小道开始，一起走到这些绿色和粉嘟嘟的故事里。孩子特别快活了，孩子也就特别容易明白。于是，特别健康、特别优秀、特别明亮……我们就都能看得见。

它们在很长的路的前面，并不远，而且是在中央。

作者简介

　　马克斯·维尔修思1923年出生于荷兰海牙，2005年去世，享年81岁。他被认为是荷兰最伟大的儿童图画书创作人之一。"青蛙弗洛格的成长故事"系列图画书是他留给世界的"绝唱"式作品，被誉为是"简笔画世界的杰作"。该系列荣获过诸多重要奖项，包括荷兰的"Golden Pencil"大奖、法国的"Prix de Treize"大奖、德国的"Bestlist Award"大奖、并最终在2004年荣获"The Hans Christian Andersen Medal"（国际安徒生插图奖）。

fú luò gé bèi xià huài le　　tā tǎng zài chuáng shang　　tīng dào
弗洛格被吓坏了。他躺在床上，听到
cóng sì zhōu chuán lái zhèn zhèn de guài shēng　　guì zi li yǒu kā kā de
从四周传来阵阵的怪声。柜子里有咔咔的
shēng yīn　　dì bǎn shang yě yǒu shā shā shēng　　　　yǒu rén duǒ zài wǒ
声音，地板上也有沙沙声。"有人躲在我
de chuáng dǐ xia　　　　fú luò gé hài pà de xiǎng zhe
的床底下。"弗洛格害怕地想着。

tā cóng chuáng shang tiào xià lái yì kǒu qì pǎo guò qī hēi de shù
他从床上跳下来，一口气跑过漆黑的树
lín lái dào xiǎo yā de jiā mén kǒu
林，来到小鸭的家门口。

nǐ pǎo lái kàn wǒ zhēn hǎo xiǎo yā shuō dàn shì xiàn
"你跑来看我真好，"小鸭说，"但是现
zài hěn wǎn le wǒ zhèng yào shàng chuáng shuì jiào ne qiú nǐ
在很晚了，我正要上床睡觉呢！""求你
le xiǎo yā fú luò gé shuō wǒ bèi xià huài le yǒu gè guǐ
了，小鸭！"弗洛格说，"我被吓坏了。有个鬼
zài wǒ de chuáng dǐ xia
在我的床底下！"

　　　　　luàn shuō　　　　xiǎo yā dà xiào qǐ lái　　　shì jiè shang gēn běn
　　　"乱说！"小鸭大笑起来，"世界上根本
méi yǒu zhè yàng de dōng xi　　　　yǒu　　xiǎo yā shuō　　　nǐ kě
没有这样的东西。""有！"小鸭说："你可
yǐ dāi zài wǒ zhè li　　wǒ bú pà　　rán hòu tā men suō chéng yì
以待在我这里，我不怕。"然后他们缩成一
tuán　wō zài chuáng shang　　fú luò gé jǐn jǐn kào zhe xiǎo yā wēn nuǎn
团，窝在床上。弗洛格紧紧靠着小鸭温暖
de shēn tǐ　　bú zài hài pà le
的身体，不再害怕了。

突然，他们听到屋顶上传来刷刷的摩擦声。"什么东西？"小鸭吓了一跳，从床上坐了起来。接着又听见楼梯上传来咔咔声。"这个房子也闹鬼了！"弗洛格大叫，"我们快出去吧！"他们逃进了树林里。

fú luò gé hé xiǎo yā pīn mìng de pǎo
弗洛格和小鸭拼命地跑。

tā men jué de dào chù dōu shì yōu líng hé kě pà de guài wu
他们觉得到处都是幽灵和可怕的怪物。

tā men pǎo dào xiǎo zhū jiā　　xiān shēn xī yì kǒu qì　　rán hòu
他们跑到小猪家，先深吸一口气，然后

qiāo mén　　　　shuí a　　　yí gè méi shuì xǐng de shēng yīn wèn
敲门。"谁啊？"一个没睡醒的声音问。

xiǎo zhū　　shì wǒ men　　qǐng nǐ kuài kāi mén　　　fú luò gé hé xiǎo
"小猪，是我们！请你快开门。"弗洛格和小

yā dà shēng jiào zhe
鸭大声叫着。

　　"怎么搞的？"小猪生气了，"你们干吗三更半夜把我吵起来？""请你帮帮我们！"小鸭说，"树林里到处都是幽灵和怪物，吓死我们了。"小猪笑了："不要乱说！鬼和怪物根本不存在，你们知道的。""那你自己看看好了。"弗洛格说。

xiǎo zhū wǎng chuāng wài wàng qù　　kàn bù chū yǒu shén me bú duì
小 猪 往 窗 外 望 去 ， 看 不 出 有 什 么 不 对
jìn　　xiǎo zhū　　wǒ men kě bù kě yǐ shuì zài nǐ zhè li　　wǒ men
劲 。 " 小 猪 ， 我 们 可 不 可 以 睡 在 你 这 里 ？ 我 们
hěn hài pà　　　　hǎo ba　　xiǎo zhū shuō　　　　wǒ de chuáng hěn
很 害 怕 。 " " 好 吧 ！ " 小 猪 说 ， " 我 的 床 很
dà　　wǒ cóng lái bú pà　　wǒ cái bú xìn zhè xiē ne
大 ， 我 从 来 不 怕 ， 我 才 不 信 这 些 呢 。 "

于是他们三个挤在床上。"真好!"弗洛格心想,"这下可安全了。"可是他们都睡不着。他们听着所有来自树林里的奇怪又可怕的声音。这一次,就连小猪也听到了。

还好，三个朋友可以互相安慰。他们一起
大声喊着他们不怕——他们什么也不怕。最
后，他们累得睡着了。

dì èr tiān zǎo shang　　yě tù qù fú luò gé jiā bài fǎng　　fú luò
第二天早上，野兔去弗洛格家拜访。弗洛
gé jiā de dà mén kāi zhe　　wū li méi yǒu tā de zōng yǐng
格家的大门开着，屋里没有他的踪影。

zhè kě zhēn guài　　yě tù xīn li xiǎng zhe
"这可真怪！"野兔心里想着。

小鸭的家里也没有人。"小鸭，小鸭，你在哪里？"野兔大叫着。但是没有人回答。野兔很担心，心想一定发生了什么可怕的事情。

野兔很害怕，赶忙跑到树林里找弗洛格和小鸭。找了又找，就是没有他们的踪影。"也许小猪知道他们在哪里！"他想。

野兔敲着小猪家的门，没有人应门。这
时四周一片宁静。他从窗户往里看，看到
他的三个朋友躺在床上睡得正香呢。已
经上午十点钟了！野兔敲着窗子。

　　　　jiù mìng a　　　yí gè guǐ　　　sān gè péng you yì qǐ dà jiào qǐ
　"救 命 啊！一 个 鬼！" 三 个 朋 友 一 起 大 叫 起

lái　　jiē zhe tā men kàn qīng le chuāng wài yuán lái shì yě tù
来 。 接 着 他 们 看 清 了 窗 外 原 来 是 野 兔 。

小猪开了门，他们冲了出来。"哦，野兔！"他们说，"我们被吓坏了。树林里到处是可怕的鬼和吓人的怪物。""鬼和怪物？"野兔很惊讶，"他们根本不存在。"

"你怎么知道？"弗洛格生气了，"我的床底下就有一个。""你亲眼看到了吗？"野兔心平气和地问。"没有。"青蛙说。他没有看见过但听见过。他们谈了很久很久有关闹鬼、怪物和其他恐怖的事情。

xiǎo zhū zuò le yì xiē zǎo cān nǐ zhī dào ma yě tù
小猪做了一些早餐。"你知道吗？"野兔

shuō měi gè rén dōu yǒu hài pà de shí hou lián nǐ yě huì
说，"每个人都有害怕的时候。""连你也会

ma fú luò gé jīng yà de wèn
吗？"弗洛格惊讶地问。

“是的，”野兔说，“就在今天早上，我以为你们不见了的时候，简直吓坏了。”大家有好一会儿都没有说话。

接着，他们一起大笑起来。"别傻了，野兔！"弗洛格说，"没什么好怕的，我们永远都会在。"

学会战胜恐惧

　　每个人都有害怕的时候，不过我们可以变得更勇敢些。如果你心里感到恐惧，就学着用一些方法来克服吧——有的方法真的很管用！

想一想

1. 青蛙为什么被吓坏了？
2. 野兔为什么被吓坏了？
3. 世界上有没有鬼和吓人的怪物？

试一试

　　你平时害怕什么？把你的害怕说出来，告诉爸爸妈妈或者好朋友，听听他们是怎么说的。

爱的奇妙滋味
学会给予爱和接受爱

冬天里的弗洛格
学会关爱别人

弗洛格和陌生人
学会接纳与自己不一样的人

弗洛格吓坏了
学会战胜恐惧

鸟儿在歌唱
学会珍爱生命

我就是喜欢我
学会对自己有信心

弗洛格去旅行
学会接触外面的世界

弗洛格是个英雄
学会助人和自助

弗洛格找宝藏
学会战胜困难

难过的弗洛格
学会让自己快乐

特别的日子
学会热爱生活

找到一个好朋友
学会珍惜友情

青蛙弗洛格的成长故事